KEPLER62

BUCH 1: DIE EINLADUNG

KEPL

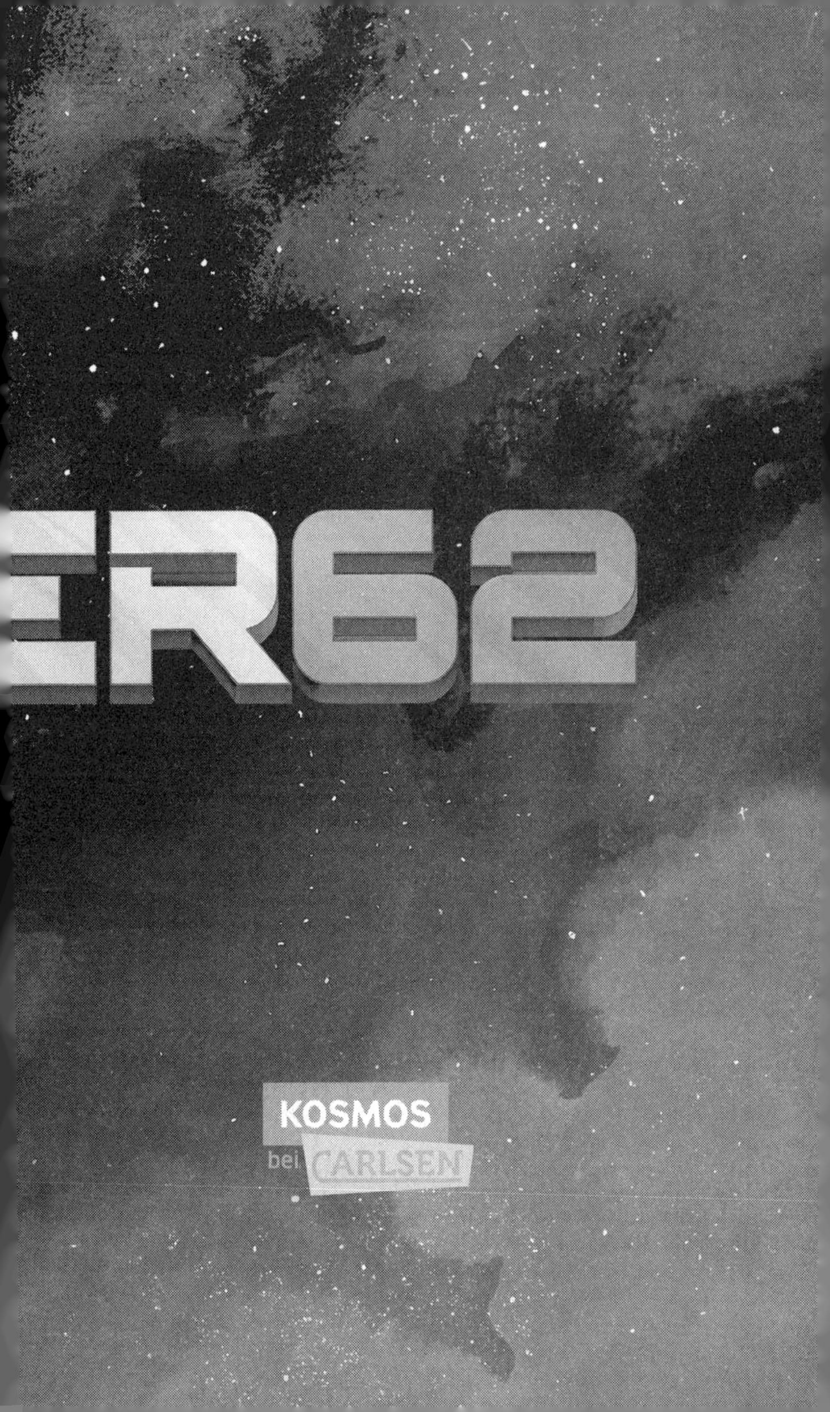
ER62
KOSMOS
bei CARLSEN

TIMO PARVELA

BJØRN SORTLAND

Illustrationen
PASI PITKÄNEN

Übersetzung
ELINA KRITZOKAT

BUCH EINS:
DIE EINLADUNG

1.

Der Junge schnappte sich einen Apfel. Der Mann an der Überwachungskamera seufzte. Jetzt starrte der Junge, ein etwa Dreizehnjähriger, mit dem Apfel in der Hand direkt in die Kamera. Und grinste. Der Mann stand auf, zog seine blaue Diensthose hoch, verließ den Überwachungsraum und ging auf den Dieb zu. Er hatte strohblonde Haare, die aussahen, als tobte draußen ein Orkan, und trug eine viel zu große Jacke und eine tief hängende Hose. Seine dichten, hochgezogenen Augenbrauen und sein angespannter, wacher Körper erinnerten an ein Raubtier. An einen Fuchs oder Marder. Ein Tier, das in der Dämmerung lebt, an der Grenze zwischen Licht und Dunkelheit. Irgendwas an dem Jungen weckte Respekt: seine Augen. Sie waren grau wie Eis, groß und blickten selbstbewusst und durchdringend.

Der Junge stand noch immer mit dem Apfel in der Hand am Obststand. Er versuchte erst gar nicht, abzuhauen. Als der Wachmann bei ihm war, wechselte sein Gesichtsausdruck von genervt zu spöttisch, vielleicht sogar amüsiert.

„Schon mal vom Baum der Erkenntnis gehört?“, fragte der Wachmann den Jungen.

„Wie bitte?“

„Wer in den Apfel vom Baum der Erkenntnis beißt, der kann nicht mehr zurück. Der erfährt eine Menge über Gut und Böse.“

Der Junge sah ihm, ohne mit der Wimper zu zucken, in die Augen.

„Und das ist ja nicht gerade schön, oder? Zu viel Wissen ist nie gut. Schon gar nicht für Kinder.“

Der Junge blickte ihn weiter an und biss betont langsam in den Apfel. Er kaute ausgiebig und schloss beim Schlucken genüsslich die Augen.

Mit dem stimmt was nicht, dachte der Wachmann, so frech sind normale Jungs in dem Alter nun auch wieder nicht. Was war bloß in ihn gefahren?

„Zwing mich nicht, etwas zu tun, was wir beide nicht wollen“, sagte der Wachmann.

Aber der Junge biss ein zweites Mal in den Apfel – und legte ihn dann zu den anderen Äpfeln zurück. Langsam und vorsichtig – mit der angebissenen Seite nach außen. Er lächelte und streckte dem Wachmann die Hände hin. Als wäre er bereit für Handschellen.

„Das hättest du wohl gern, was? Dich werde ich in hohem Bogen rausschmeißen“, sagte der Wachmann, packte den Jungen an der Schulter und zerrte ihn zur Tür. Dort blieben sie stehen.

„Aber erst zeigst du mir noch deine Taschen. Los, mach die Jacke auf."

Statt zu gehorchen, lachte der Junge bloß. Also überprüfte der Wachmann selbst den dicken Winterparka. Und was steckte da in der großen Innentasche? Ein in Alufolie gewickeltes Computerspiel. Das, was momentan alle spielten. Der Junge war auf dem Laufenden. Aber er wusste nicht, dass der Trick mit der Alufolie nicht mehr funktionierte. Das Alarmsystem war erneuert worden.

„Ich verstehe nicht, was ihr an diesem Spiel so toll findet. Und du glaubst doch nicht im Ernst, dass du dich hier einfach bedienen darfst. Her mit dem Spiel, und sieh zu, dass du wegkommst! Ich will dich nie wiedersehen. Jemand wie du hat hier nichts zu suchen."

Der Wachmann schubste den Jungen auf die Straße, sodass er fast hingefallen wäre. Seine Augen verdunkelten sich. Der Wachmann lachte ihm laut hinterher, sein Lachen schepperte wie Metall.

Draußen war es kalt und windig. Der Junge zog die Schultern hoch und marschierte davon.

Ari atmete tief ein und aus. Mist. Um ein Haar wäre das Spiel seins gewesen.

Ein Sonnenstrahl fiel durch eine Lücke am wolkigen Himmel. Er beleuchtete die elektronische Nachrichtentafel mit der neuesten Schlagzeile: Brandneue Forschungsexpedition!

Ari ignorierte, was um ihn herum passierte. In seinen Ohren hallten die Worte des Wachmanns nach: Jemand wie du hat hier nichts zu suchen. „Leute wie du." Er wusste, was der Mann damit gemeint hatte.

METRO

2.

Zu Hause war es mal wieder totenstill. Klar. Sein Vater hatte nie mit ihnen zusammengelebt, seine Mutter war unterwegs. Suchte nach Arbeit, Essen, Chancen. Nach irgendwas, Hauptsache, ihr Leben würde endlich besser werden.

In letzter Zeit blieb sie immer länger weg, denn die Suche wurde immer schwieriger. Sie waren weiß Gott nicht die Einzigen mit wenig Geld. Dort, wo Ari gerade gewesen war, konnten die wenigsten einkaufen. Frisches Obst, Milch und Brot waren Luxus, genau wie gute Kleidung. Die Ärmeren ernährten sich von Dosenessen, Brühwürfeln und Mais. Größtenteils von Mais. Der war immer zu haben und kostete nicht viel.

Aber jetzt dachte Ari ausnahmsweise nicht an Essen, sondern an das Computerspiel. Beinahe wäre es seins gewesen. Aber dann hatte der bekloppte Wachmann ihm einen Strich durch die Rechnung gemacht. So ein Scheiß! Das SPIEL. Das beste und schwierigste der Welt. Kepler62. Alle redeten davon, alle spielten es, und trotzdem war es unheimlich schwer zu kriegen. Im Internet konnte man es nicht runterladen. Man musste es kaufen oder geschenkt bekommen.

Ari warf seinen Parka auf den Stuhl. Vor ihm lagen die Schulsachen seines Bruders kreuz und quer auf dem Boden. Als wäre in dessen Schulrucksack eine Bombe explodiert.

„Hey, du solltest besser mit deinen Sachen umgehen!“, rief Ari und sammelte das Zeug auf.

Keine Antwort. Doch Ari wusste, dass sein kleiner Bruder zu Hause war.

„Wir haben kein Geld, um dir neue Schulsachen zu kaufen!“, rief Ari, packte die Bücher und Stifte zurück in den Rucksack und legte dann seine Beute auf den Küchentisch:

Mandarinen, Toastbrot, Orangensaft und zwei Lollis. Die mehrfach umgekrempelten Hosenbeine und die geräumige Kapuze seines Pullis hatten perfekt funktioniert.

Schon tauchte hinter Aris Rücken eine kleine Hand auf, die sich einen Lolli schnappen wollte. Doch Ari war schneller, schlug die Hand weg und brachte den Lolli in Sicherheit.

„Iss erst was Gesundes. Nimm dir eine Mandarine.“

Joni rieb sich die Finger. Sein Mund war ein wütender Strich, seine dunklen Augen glühten.

Die Leute staunten immer wieder, wie unterschiedlich die Brüder aussahen. Joni hatte dunkle Haut und wuschelige schwarze Haare, die an ein dichtes Knäuel aus Stacheldraht erinnerten. Und er war sehr klein für sein Alter.

Die Erklärung lautete natürlich: verschiedene Väter. Trotzdem, sie waren Brüder. Sie waren ein Team.

„Joni, du musst echt aufpassen, dass du nicht nur Fertigessen und Mais …"

Ari sprach nicht weiter. Er konnte kaum glauben, was Joni ihm hinhielt.

„Ist es das, was ich glaube?", fragte Ari.

„Ja."

„Darf ich?“

„Nein. Erst wenn ich…“ Joni zeigte auf Aris Hosentasche.

Ari lachte und holte den Lolli wieder raus.

„Tauschen wir?“

Joni nickte und reichte ihm das Spiel:

„Aber es bleibt meins. Klar?“

Ari nickte und konnte es kaum fassen. Kepler62. Er hielt das Spiel so vorsichtig, als wäre es aus Glas. Dies war das Spiel, das bisher niemand geknackt hatte. Um das sich wilde Gerüchte rankten. In dem es angeblich ein verstecktes Level gab, ganz am Ende, wenn man dachte, man hätte schon alle Level geschafft. Angeblich erhielt man, wenn man dieses Extralevel schaffte, eine Einladung. Den Ruf, zu folgen. Wohin, das wusste keiner. Vielleicht bekam man dort ja endlich eine neue Chance. Das, wonach ihre Mutter ständig suchte. Eine Belohnung, die das ganze Leben veränderte.

Jetzt war dieses Spiel bei ihnen in der Wohnung. Es lag in seinen Händen. Und es war nicht bloß ein Spiel. Es war eine Eintrittskarte.

„Wo hast du das her?“, fragte Ari.

„Von einer Frau. Sie hat es mir geschenkt“, sagte Joni.

„Einfach so?“ Ari schüttelte ungläubig den Kopf.

„Ja. Sie hat mir sogar noch eine Cola gegeben."

„Quatsch."

„Doch! Warte … hier."

Joni holte seinen Rucksack und kramte eine zerdrückte leere Coladose aus der Vordertasche. Ari rieb sich die Augen. Eine Cola kostete so viel, wie ihre Mutter in einem Monat zusammenkratzte. Ari hatte noch nie Cola getrunken. Als ihre Mutter jung war, konnte sich jeder Getränkedosen leisten.

„Joni. Hast du vergessen, dass man von Fremden nichts annehmen darf? Schon gar nichts zu essen oder zu trinken. Nur, wenn der Staatsstempel drauf ist. Und auf der Dose sehe ich keinen."

„Spielverderber! Komm, du hättest die Cola doch auch genommen. Außerdem war das eine ganz normale, nette Frau. Noch richtig jung. Die war garantiert nicht gefährlich. Sie hat mir das Spiel und die Cola geschenkt, weil sie mich süß findet. Hat sie selbst gesagt."

„Haha. Du bist nervig und nicht süß."

„Und du bist nur neidisch, weil du nicht so gut aussiehst wie ich."

Ari sah seinen kleinen Bruder an. Jonis Augen leuchteten vor Freude und Begeisterung. Es stimmte, Joni war süß. Vielleicht hatte die Frau zu viel Geld und wollte einfach eine gute Tat vollbringen. Ein armes Kind glücklich machen.

„Hast du von der Expedition gehört?“, fragte Joni.

„Nee. Gibt’s schon wieder was Neues?“

„Ja, die wollen jetzt mit Raumschiffen auf einen neuen Planeten fliegen und ihn erkunden. Vielleicht gibt es dort die Chance auf ein neues Leben.“

„Joni, das kann uns am Arsch vorbeigehen.“

„Wieso das?“

„Weil das nur die Reichen betrifft, wie alles andere auch. Wart’s ab, die Reichen können sich da ein neues Stück Land kaufen und noch mal von vorn anfangen, und wir hocken weiter hier rum.“

„Hm. Interessiert dich denn gar nicht, was sie auf dem Planeten finden? Das ist doch wie damals bei Ko…, Klo…“

„Du meinst Kolumbus?“

„Genau! Der Amerika entdeckt hat. Überleg doch mal, vielleicht gibt es da oben eine riesige neue Welt!“

Joni und Ari sahen sich an. Jonis Augen strahlten, doch Aris verdunkelten sich, und er wechselte das Thema:

„Du willst das Spiel doch bestimmt nicht allein spielen, oder?“

„Dreimal darfst du raten.“ Joni lächelte.

„Ich darf also auch?“

Joni nickte. „Du bist zwar nicht besonders süß, aber du bist und bleibst mein großer Bruder.“

Ari grinste. Er öffnete die Verpackung und legte das Spiel in seine alte PlayStation10 ein. Kepler62.

3.

49 Stunden.

Ari und Joni spielten und spielten. Seit zwei Tagen wechselten sie sich mit Schlafen und Essen ab und aßen die letzten Maiswaffeln auf, die sie im Küchenregal fanden. Ihre Augen brannten, ihre Hände taten weh. Ari hatte Blasen an den Daumen, aber das war ihm egal.

Am Anfang war das Spiel wie alle anderen auch. Action, coole Räume und Landschaften. Ari und Joni hatten sich für die Spielfigur Tiera entschieden, einen alten finnischen Kämpfer. Die Aufgaben waren leicht, als Belohnung winkten Zaubersprüche und Waffen. Nichts Besonderes also. Die Level waren so einfach, dass Ari und Joni sich fragten, was an diesem Spiel spannend sein sollte. Wieso galt es als schwierigstes Spiel der Welt? Nach dem fünften Level kriegten sie eine Protonenkanone, mit der sie alles plattmachen konnten.

Nach dem zehnten Level änderte sich etwas. Die Landschaft sah anders aus, die Herausforderungen wandelten sich. Statt immer neue Feinde niederzumetzeln, mussten sie nun schwierige Expeditionen bestehen und sich wie echte Forschungsreisende ernsthaften Problemen stellen. Sie wurden immer tiefer ins Spiel hineingezogen.

Ari spielte mit voller Konzentration. Komischerweise wurde er das Gefühl nicht los, dass noch jemand mit ihm spielte. Jemand Verletzliches, den er beschützen musste. Er warf einen schnellen Blick auf seinen Bruder. Joni schlief tief und fest. Aber zugleich fühlte es sich an, als wäre der Kleine hellwach. Das war aufregend – und unheimlich.

78 Stunden.

Level 99. Ari und Joni steckten in einer Sackgasse, wie alle anderen Spieler an dieser Stelle. Joni wusste das aus dem Forum, in dem die Leute über Kepler62 chatteten. Bis jetzt war niemand weitergekommen, obwohl Millionen Leute es versuchten, überall auf der

Welt. Angeblich hatte jemand aus Norwegen es fast geschafft. Er nannte sich Halfman-Halfbiscuit05 und machte sich ziemlich wichtig, verriet aber nichts Genaues.

Die Kulisse auf dem Bildschirm war düster. In der Ferne lag der Eingang zu einer Höhle. Vor diesem Eingang saß ein gruseliges Wesen, an dem sie nicht vorbeikamen. Sie wussten nicht, was für ein Wesen das war. Jedes Mal, wenn sie in die Höhle zu gehen versuchten, schlug es zu. Keine Waffe konnte es einschüchtern, weder das Plasmagewehr noch die Laserbazooka. Sie hatten fast alles ausprobiert.

Noch ein einziger Versuch. Der letzte. Danach schaltete sich Kepler62 automatisch aus. So stand es im Chat. Wenn man die letzte Chance in den Sand setzte, wurde der Bildschirm schwarz, und das Spiel ließ sich nicht mehr starten. Selbst wenn man sich ein neues besorgte, brachte das nichts – jeder wurde anhand seines Spielstils wiedererkannt.

Der letzte Versuch. Ari ging nervös die Waffen durch. Nur den Dolch hatte er noch nicht benutzt. Eine harmlose, kleine Waffe, die sie ganz am Anfang bekommen hatten. Wie sollte man mit einem albernen Dolch ein furchterregendes Höhlenwesen besiegen, das bisher allen Waffen standgehalten hatte? Ari schüttelte den Kopf und wählte das schwere Maschinengewehr.

Der hundertste Versuch. Er holte tief Luft.

„Nimm den Dolch.“ Jonis Stimme klang verschlafen, aber selbstsicher. Seine Augen glänzten fiebrig.

„Schlaf weiter, Joni“, sagte Ari. „Das war alles etwas viel. Ich will nicht, dass du siehst, wie es zu Ende geht.“

„Ari. Nimm den Dolch, bitte. Sonst haben wir sowieso keine Chance.“

„Echt? Ich weiß nicht.“

„Wir haben es gemeinsam bis hierher geschafft. Vertrau mir!“

Ari zögerte. Er sah seinen kleinen Bruder an. Dessen Blick war ernst.

„Den Dolch? Wirklich?“

„Ja. Und mach die Augen zu.“

„Hä?“

„Ja, dann spielst du noch schneller. Du merkst schon, wann du ausweichen und wann du zustechen musst. Ich sag dir Bescheid.“ Jonis Stimme klang rau.

Ari zögerte noch immer. Joni legte ihm die Hand auf die Schulter. Ari holte tief Luft und wählte den Dolch.

Er schloss die Augen.

Los ging's. Jetzt!

4.

Ari spürte ein leichtes Beben in der Konsole. So minimal, dass er es mit offenen Augen nicht bemerkt hätte. Die Augen zu schließen verstärkte eindeutig den Tastsinn. Ab und zu fühlte es sich an, als würde jemand Luft auf seine Haut pusten. Jemand Riesiges. Gruselig. Aber er spürte auch die beruhigende Nähe seines Bruders. Es war, als würden ihre Gehirne zu einem verschmelzen.

Die Konsole war wie an seine Hand gewachsen. Seine Finger bewegten sich von allein. Mit geschlossenen Augen wusste Ari fast noch besser, wie er sich bewegen musste. Die Situation erinnerte ihn an früher, wenn er als kleiner Junge durch die stockdunkle Wohnung geschlichen war. Auch wenn er die Möbel nicht sehen konnte – er spürte, wo sie standen.

Wenn er später an das hundertste Level zurückdachte, erinnerte er sich nur an ein paar Fetzen. Wie Bilder aus einem Traum: ein langer Flur, der nicht enden wollte. Abzweigungen, die er rechtzeitig fühlte und an denen er die richtige wählte. Eine undurchdringliche Dunkelheit. Am deutlichsten hatte er ein großes, fremdes Wesen wahrgenommen, dass drohend über ihm lauerte und beim kleinsten Fehler angegriffen hätte. Und dann war da die Nähe seines jüngeren Bruders, die ihm Sicherheit gab. Und eine tiefe Müdigkeit, die ihm zuflüsterte: Gib auf. Seine Erschöpfung wurde fast übermächtig.

Da, ein Hindernis. Eine Wand. Eine verschlossene Tür. Aris Finger tasteten alles mit der Konsole ab. Sie fühlten die ebenmäßige Oberfläche. Kalt und hart. Und nirgends eine Klinke oder eine Öffnung. Was für eine Gemeinheit! An irgendeiner Stelle des langen Flures hatten sie falsch gewählt. Sie standen in einer Sackgasse. Schon der Gedanke, den endlosen, wirren Weg zurückzugehen, lähmte Ari. Er ließ die Konsole sinken und wollte gerade die Augen aufmachen, als er es wieder spürte: diesen Luftzug auf der Haut. Als würde über ihm jemand atmen und jede Sekunde angreifen. Verdammt, sie waren in eine Falle gelaufen!

„Jetzt!“, hörte er Jonis Stimme in seinem Kopf. „Los, nimm den Dolch! Stich zu!“

Mit weiterhin geschlossenen Augen griff Ari nach der Waffe. Er fand sie sofort, instinktiv. Seine Finger wussten, was zu tun war, und er stach tief in die Dunkelheit. Da. Er hatte getroffen.

Ein entsetzliches Brüllen. Dann dumpfe, schleppende Geräusche, die sich matt entfernten. Ein Raunen, schließlich Stille.

Ari öffnete die Augen. Joni sah ihn an. Sie starrten zusammen auf den Bildschirm. Schwarz wie die Nacht.

„Das war's wohl", sagte Ari.

Vor Müdigkeit konnte er seinen Körper kaum noch spüren. Er wollte nur noch schlafen.

„Nein, das glaube ich nicht!", rief Joni.

„Aber du siehst doch, alles schwarz. Game over."

„Nein! Wir haben dieses ... dieses Wesen getötet. Wir sind weitergekommen, garantiert."

„Aber ..."

In diesem Moment flackerte auf dem Bildschirm etwas auf. Dünne Streifen. Hell wie Blitze und so schnell, dass man sie kaum wahrnehmen konnte. Wie Sternschnuppen. In Lichtgeschwindigkeit.

Der Bildschirm wurde immer heller. Graue und weiße Streifen flimmerten von oben nach unten, als würden sie aus dem All durch eine Wolkendecke stürzen. Dann drängten aus den zittrigen Längsstreifen hellblaue und hellgrüne Flecken hervor. Und damit wurde es Tag.

Wow. Ihnen bot sich ein unglaublicher Anblick. Sonnig und freundlich. Türkis blinkende Seen, hohe, weiße Berge und samtig grüne Wälder. Sie konnten die frische Luft riechen und das Vogelgezwitscher hö-

ren. Dann ein Zoom, und das Bild wurde schärfer, als würden sie mit Adleraugen näher an die Szene heranfliegen. Sie sahen eine saftige Wiese. Und auf ihr zwei Jungs.

Die beiden rannten ausgelassen umher, ließen einen Drachen steigen und lachten. Der dunkelhaarige Kleinere stolperte kurz, stand aber gleich wieder auf und lief dem Großen hinterher.

Ari und Joni erkannten die Jungs sofort. Sie waren es selbst.

Dann wurde der Bildschirm dunkel.

5.

Ari wachte von Jonis Wimmern auf. Er befühlte Jonis Stirn. Glühend heiß. Die Atemzüge seines Bruders waren unruhig und wurden von heiserem Husten unterbrochen. Ari ging zum Medizinschrank im Badezimmer. Leer. Er tunkte ein Handtuch in kaltes Wasser und legte es Joni auf die Stirn. So hatte es ihre Mutter früher gemacht. Wäre sie doch hier und könnte sich jetzt um sie kümmern!

Ari blieb die ganze Nacht wach und passte auf Joni auf. Am Morgen musste er eingenickt sein. Er wurde davon wach, dass Joni an seiner Hand zerrte.

„He, Ari, was ist los mit dir? Aufwachen!"

„Was mit mir los ist? Nichts, aber *du* hattest heute Nacht hohes Fieber, erinnerst du dich nicht?"

Die Brüder sahen sich an.

„Nein. Keine Ahnung. Ich fühl mich gut", sagte Joni. Seine Stirn war kühl, er sah wieder normal aus.

„Vielleicht hast du was Schlechtes gegessen. Oder die Cola war nicht in Ordnung."

„Du bist ja nur neidisch." Joni boxte Ari in die Rippen. Sofort begann ein Ringkampf, bei dem Ari seinen Bruder gewinnen ließ.

„Denkst du dasselbe wie ich?", fragte Joni, als sein Atem sich beruhigt hatte.

„Keine Ahnung, an was du denkst", sagte Ari.

„An das Spiel."

„Ach, das Spiel. Wir haben es verbockt, und das war's jetzt. Wahrscheinlich ist das Ganze total überbewertet."

„Aber die zwei Jungs auf der Wiese. Das waren wir! So was kann's doch eigentlich nicht geben, oder?" Joni runzelte die Stirn.

„Wieso nicht? Ist bestimmt ganz einfach. Das Programm hat Fotos von uns aus dem Internet gefischt oder während des Spiels welche von uns gemacht und sie ins Spiel eingebaut. Gar kein Problem."

„Ja, vielleicht. Aber trotzdem … irgendwie glaube ich nicht, dass es jetzt schon zu Ende ist. Gibt es so einen Ort nicht irgendwo? Wald, Wiesen, Wasser und Berge?"

„Weiß ich nicht. Irgendwo bestimmt. Wo es nicht so staubig und trocken ist wie hier. Aber da kommen nur die anderen hin. Die mit Geld."

„Aber Ari, vielleicht können wir da jetzt auch hin! Wir haben das hundertste Level geknackt, oder etwa nicht?" Jonis Augen blitzten.

Ari legte die Hand auf seine Stirn. Sie wurde wieder heißer.

6.

Sie fühlten sich unsicher und unwohl – der Wartesaal im Krankenhaus wurde von allen Seiten überwacht. Die glänzenden Linsen der Kameras surrten und zoomten von der Decke herab auf die Wartenden. An den Wänden hingen Bildschirme mit den aktuellen Nachrichten. Auf einigen wurden mit großem Trara die neusten Entdeckungsreisen angekündigt. Und die Welt war komplett durcheinander.

one world news
NEUER MORGEN FÜR DIE MENSCHHEIT
/// REISE INS UNBEKANNTE
RÜCKKEHR DER EXPEDITION! ///
TROCKENHEIT ZERSTÖRT WESTKÜSTE
/// POLIZEI ÜBERWÄLTIGT D
DIE REGIERUNG, UNSER FREUND.

„Bitte die rechte Hand in den Scanner."

Joni gehorchte dem Automaten und legte seine Hand auf die dafür vorgesehene Glasscheibe.

„Einen Moment. Die Daten werden gelesen."

Joni sah erschöpft zu Ari. Seine Augen traten vor Anstrengung aus den Höhlen. Ari nickte ihm beruhigend zu, behielt aber unauffällig die Kameras im Blick. Er wusste, dass sie nichts Falsches taten. Trotzdem spürte er, dass sie beobachtet wurden.

„Joni Virta, 131214-RFT23O+7, Zimmer 98. Danke für die Kooperation", tönte der Automat.

Joni ließ sich von Ari in einen langen Flur mit zig Abzweigungen und Zimmern ziehen.

„Schön unauffällig bleiben", flüsterte Ari strenger, als er beabsichtigte, und zog seine Kapuze tiefer in die Stirn. Er fühlte es jetzt genau: Sie wurden auf Schritt und Tritt beobachtet.

Die Tür von Zimmer 98 unterschied sich von den anderen Türen nur dadurch, dass sie ein Stück offen stand. Ari blieb stehen. Er bekam Angst. Ärzte standen im Dienst der Regierung. Und die Regierung mischte sich in alles ein. Sie war der beste Freund von allen und akzeptierte keine Ausnahmen vom Fürsorgeprinzip. Wenn rauskäme, dass Ari und Joni praktisch allein wohnten, würde die Regierung sich einschalten. Denn vor allem Kinder standen im Fokus der Politiker, schließlich lag in ihnen die Zukunft. Kinder sollten es besonders gut haben. Sie mussten ein sorgenfreies, fröhliches Leben führen. Ari versuchte nachzudenken. Aber Nachdenken gehörte nicht zu seinen Stärken. Schnelles Handeln fiel ihm leichter.

Joni bemerkte Aris Zögern.

„Wir können auch wieder umdrehen. Ich hab bestimmt nichts Schlimmes."

Ari entschied anders. Er stieß die angelehnte Tür auf. In einem grellweißen Raum stand ein großer Tisch, dessen Platte aus einer waagerechten digitalen Anzeigetafel bestand. Dahinter saß ein kleines Mädchen mit indischen Gesichtszügen. Sie konnte kaum älter sein als Joni, höchstens acht. Noch bis vor Kurzem hatte man Kinder mit Neurotuning zu Experten gemacht. Denn die Weltbevölkerung wurde immer älter, und in vielen Berufen fehlte es an Fachleuten. Inzwischen verzichtete man angeblich auf Neurotuning, weil es unerwünschte Nebenwirkungen gezeigt hatte. Welche, war geheim gehalten worden. Trotzdem arbeiteten die Kinder aus der Startphase weiterhin in den Büros, Laboren und Kliniken. Es gab nach wie vor zu wenig Fachkräfte.

Das Mädchen sah die Brüder aufmerksam an. Seine Augen waren weit aufgerissen, es blinzelte während des Gesprächs kein einziges Mal.

„Ich bin Frau Doktor Kumar. Wie kann ich helfen?", piepste sie mit schriller Stimme.

„Mein Bruder fühlt sich krank und braucht vermutlich Medikamente", antwortete Ari.

„Bitte leg deine Hand in die Öffnung unter dem Tisch", forderte das Mädchen Joni auf.

Joni schob seine Hand in das kleine silberne Gerät unter der Tischplatte.

Das Mädchen griff nach etwas Feinem, Unsichtbarem und streute es kreuz und quer über die Tischplatte. Sofort begann die digitale Anzeige zu leuchten und zu blinken. Chemische Formeln und lange Zahlenketten erschienen.

„Ein sehr seltener Virus, bisher noch nicht in der Natur anzutreffen. Eine Kreuzung aus zwei bekannteren. Nicht gut. Wo ist eure Mutter?" Trotz der heiklen Frage hielt das Mädchen seine Stimmlage neutral. Was in diesem Fall immer noch piepsig klang.

„Das müsste der Computer doch anzeigen", sagte Joni vorlaut.

„Tut er aber nicht. Die Regierung muss doch wissen, wo eure Eltern sind! Die Regierung ist der Freund der

Kinder. Die Regierung ist der Freund von uns allen", betete das Mädchen herunter.

„Vielleicht ist unsere Mutter im Schatten. Nicht auf dem Radar", sagte Joni.

„Das gibt es nicht! Es gibt keinen Schatten! Das ist nicht möglich, sagt die Regierung. Und alle Kinder leben mit ihren Eltern. Sonst schaltet die Regierung sich ein. Ich muss eure Situation sofort melden." Die Kleine fuchtelte drohend mit den Armen und wollte zur entscheidenden Bewegung ansetzen. Ari stoppte sie, indem er ihre Handgelenke festhielt.

„Lass mich los!", keifte die Ärztin, die noch ein Kind war. „Das ist streng verboten!" Ihre Augen weiteten sich vor Angst, sie schien kurz davor, zu weinen.

„Beruhige dich, es ist alles okay", sagte Ari, so freundlich er konnte, „wir wollen doch nur ein Medikament, sonst nichts. Das kann doch nicht so schwer sein."

„Aber der Virus ist gefährlich. Und deshalb ebenfalls meldepflichtig. Ich kann nicht einfach nur ein Medikament rausgeben." Das Mädchen sah sich panisch um.

„Vielleicht geht's ja hiermit?" Ari lächelte liebevoll und zog den geklauten Lolli aus seiner Hosentasche.

„Süßigkeiten sind ungesund", sagte das Mädchen mit zitternder Stimme.

„Quatsch. Süßigkeiten sind vor allem lecker. Nam-nam. Aber wenn du nicht willst, esse ich ihn halt selbst."

Das Mädchen wischte sich eine Träne von der Wange, schluckte und nickte. „Doch, gib her."

„Erst gibst du uns den Code für den Medizinautomaten."

Das Mädchen zögerte.

Ari begann, den Lolli langsam aus dem Papier zu wickeln.

„Nein! Halt!" Die achtjährige Ärztin wedelte gierig mit den Händen. Und sah dabei aus, als sei sie höchstens sechs. „Aber ich darf nur eine kleine Packung rausgeben. Das heilt den Virus noch nicht aus, bringt aber erst mal eine Verbesserung. Der Code lautet WRT8Q3C. Und jetzt der Lolli."

Ari sah Joni an. Der nickte. Ari legte den Lolli auf die Tischplatte, nahm Joni an der Hand und ging mit ihm zum Automaten im Eingangsfoyer.

„Kinder können vielleicht so tun, als wären sie erwachsene Ärzte. Aber wenn's um Süßigkeiten geht, sind sie einfach nur Kinder", kommentierte Ari.

Sie gaben den Code ein und warteten. Das Foyer war menschenleer. Der Automat surrte. Dann ertönte ein Klacken, schon lag eine Medikamentenschachtel in der Luke. Ari nahm die Schachtel heraus. Schneeweiß. Nicht einmal ein Produktname stand darauf. Nur ein kleines Logo prangte an der Seite. Ein schönes, altmodisches Segelschiff, das an Kolumbus und andere Entdeckungsreisende erinnerte. Aber die Jungs hatten jetzt keine Zeit, dieses kleine Kunstwerk zu bestaunen. Ari drückte die Schachtel in Jonis ausgestreckte Hand. Genau in diesem Moment, als sei die Geste ein verstecktes Signal, ging die Alarmanlage los.

„Scheiße, was ist das?“, rief Joni erschrocken.

„Ich schätze, das Mädchen hat den Lolli aufgegessen und uns jetzt doch gemeldet.“

„Haut ab, Jungs. Lauft! Ich kann den Wachschutz nur kurze Zeit ablenken“, rief eine junge Frau, die wie aus dem Nichts aufgetaucht war. Sie war schlank und blond, und ihr freundliches Lächeln wirkte eher traurig als fröhlich. Für Ari schien sie wie aus dem All geplumpst. Vielleicht war sie das sogar? Zeit, sich zu wundern, blieb jetzt nicht. Aus der Ferne waren bereits schnelle Schritte zu hören.

„Wow, Sie schon wieder… Tschüss!“, rief Joni noch.

Dann zerrte Ari ihn zur Tür.

7.

Die Jungs schafften es gerade noch nach draußen, dann verschloss der Alarm die Tür. Es regnete. Durch das besprenkelte Glasfenster sahen sie, wie die blonde Frau den Wachmann stoppte und in einen der langen Flure zeigte. Der Mann joggte los. Aus dem Gängelabyrinth würde er so schnell nicht wieder herauskommen.

„Sie schon wieder?", fragte Ari.

„Das war die Frau von letzter Woche."

„Hä?"

„Die mir das Spiel und die Cola geschenkt hat." Jonis Stimme klang heiser. Es ging ihm wirklich schlecht. Torkelnd fiel er auf die Knie. Ari befühlte seine Stirn und erschrak. Das Fieber musste sehr hoch sein.

Aus dem Augenwinkel sah Ari eine Gestalt auf sie zukommen.

„Los, Huckepack! Spring auf!", befahl er Joni.

Mit letzter Kraft hielt Joni sich an Aris Hals fest.

„Was haben wir eigentlich Schlimmes getan? Wieso hauen wir ab?"

Ari rannte los. „Wir haben den Alarm ausgelöst. Die haben uns auf dem Schirm", hechelte er. „Und du weißt doch, wir müssen eigentlich mit Mama leben. Jetzt wollen sie uns glücklich machen."

„Wäre das so schrecklich?"

„Ich hab keine Ahnung. Auf alle Fälle wollen sie sicher sein, dass es uns gut geht. Damit wir ja keine Probleme machen."

„Wo rennen wir jetzt hin?"

„Raus aus dem Radar ...", ächzte Ari.

„... in den Schatten", ergänzte Joni. „Aber den gibt es doch gar nicht!"

„Glaubst du *denen* etwa mehr als mir?", fragte Ari scharf.

Dann wechselte er abrupt die Richtung, bog um eine Ecke und ließ Joni von seinem Rücken gleiten. Sie pressten sich an eine Hauswand.

„Achtung, graue Typen!"

Auch Joni hatte die zwei Männer gesehen. Sie trugen streng geschnittene, anthrazitfarbene Anzüge. Businesstypen, denen man normalerweise keine Beachtung schenken würde.

„Wie haben die uns so schnell gefunden?", fragte Joni.

Ari hob warnend den Kopf und reckte das Kinn.

Joni blickte in die Luft.

Dort, im feuchten Nieselregen, schwebte eine Helikopterkamera. Ihr großes, rotes Auge hatte sie voll im Visier. Bis eben war alles noch in Ordnung gewesen. Und jetzt?

Krachte jetzt alles zusammen? Stürzte ihre Welt ein? Zeigte sich nun die knallharte, hässliche Realität, die hinter den Kulissen lag? Ari durchwühlte hektisch die Taschen seines Parkas: eine Zwille. Und ein aufgeweichter alter Bonbon.

„Nee, danke, der sieht zu eklig aus", flüsterte Joni.

Ari ignorierte den Kommentar. Er kniff die Augen zusammen und konzentrierte sich. Zielte auf die fünfzehn Meter über ihnen schwebende Kamera. Treffer! Der Bonbon klebte auf der Linse und verhinderte weitere Aufnahmen. Der Helikopter kam ins Trudeln – und stürzte ab.

„Wir haben genau eine Minute, um vom Radar zu verschwinden. Da vorne in der Seitengasse ist ein Wasserbrunnen", zischte Ari.

Von irgendwoher näherten sich Schritte.

„Los, schnell", befahl Ari.

„Warte!", flüsterte Joni.

„Was ist? Wir dürfen keine Zeit verlieren!"

„Das Medikament! Ich hab's fallen gelassen!"

8.

Der Wasserbrunnen mit dem Deckel war nur zehn Meter entfernt. Wenn man die Leiter hinunterkletterte und knapp über dem Wasserspiegel hing, war man vom Radar verschwunden. Es war einer der wenigen Orte, die von der großartigen Freundschaft der Regierung unbehelligt blieben. Jedenfalls hofften das Leute wie Ari und Joni. Andere Leute wie die kleine, junge Ärztin glaubten, dass es keine Schattenorte gab: Die Regierung war der stets anwesende Freund von allen und erreichte jeden Winkel.

Joni zappelte auf Aris Rücken.

„Lass mich runter!"

„Bist du bescheuert? Auf keinen Fall."

„Doch, Ari, du musst mich zurücklassen. Mit mir schaffst du die Flucht nicht. Du entkommst denen nur allein."

„Du weißt nicht, wo sie dich dann hinbringen. Und ich weiß es auch nicht. Wir müssen zusammenbleiben."

Je lockerer Jonis Griff um Aris Hals wurde, umso fester umklammerte Ari die Beine seines fiebernden Bruders.

Joni seufzte und gab auf. Er kannte Aris Dickschädel. Und das Fieber schwächte ihn. Nicht mal eine Nashornherde hätte Ari jetzt gestoppt.

„Die werden uns nicht trennen. Das lasse ich nicht zu“, flüsterte Ari.

Die Sekunden dehnten sich wie Gummi. Als käme die Zeit ins Stolpern. Und Ari kam nicht schnell genug voran. Schon bogen die zwei anthrazitgrauen Männer um die Ecke. Doch im gleichen Moment näherte sich von der anderen Seite ein Umzug mit Trommeln und Trompeten. Fröhliche Menschen, die gemeinsam feierten. Auf den ersten Blick könnte man auch die zwei Männer für normale Leute halten – für erfolgreiche, gut gekleidete Erwachsene bei einem Spaziergang. Jetzt standen sie fast neben ihnen.

„Na also, diese Kinder sind vernünftig und kooperieren“, sagte der eine, „sag ich's doch.“ Er machte ein freundliches Gesicht.

„Ja, du hast recht gehabt“, sagte der andere zufrieden.

Der Umzug kam jetzt genau auf sie zu. Vorneweg marschierte eine Frau mit Zeremonienstab, zu dessen Takt die Musikanten ihre Trommeln, Flöten und Trompeten spielten. Hinter dem Spielmannszug hielten Leute Transparente in die Luft, auf denen die neuen Entdeckungsreisenden beglückwünscht und als Helden gefeiert wurden.

Aus dem Augenwinkel bemerkte Ari, dass die zwei Männer sie nicht beachteten und den Trommlern zusahen. Mit Joni auf dem Rücken machte er ein paar rasche Schritte zur Seite und mischte sich unter die Feiernden.

„Moment, meine Lieben, ihr habt wohl was vergessen!", hielt der eine Mann sie zurück. Mist. Mit wissendem Blick reichte er Joni die weiße Medikamentenschachtel. Plötzlich hörte der Nieselregen auf. Die Sonne beschien die Szenerie. Die Zeit dehnte sich. Der Umzug war vorübergezogen. Die Jungs standen allein neben den zwei Männern. Die Realität hatte wieder zugeschlagen. Aber die Männer hielten den Schein aufrecht:

Kein Zwang. Keine Gewalt.

Einer der beiden hob Joni behutsam von Aris Rücken und nahm ihn in den Arm. Der andere fasste freundschaftlich nach Aris Hand. Sie gingen auf ein gelbes Auto zu, das plötzlich am Straßenrand erschienen war. Am Steuer saß ein weiterer Anthrazitgrauer, der ein Cousin der anderen zwei hätte sein können.

„Scheint ja ziemlich viele von euch zu geben. Verwandtentreffen, oder was?", fragte Joni, als er auf die Rückbank gesetzt wurde.

Ari setzte sich neben ihn.

„Wohin bringt ihr uns?“, fragte er.

Statt eine Antwort zu geben, lächelte der Fahrer sie an. Die beiden anderen Männer blieben auf der Straße stehen und lächelten ebenfalls. Dann knallten sie die Türen zu.

„Aha. Die Regierung ist unser Freund“, brummte Joni.

„Halleluja“, sagte der Fahrer und gab Gas.

9.

Das Ziel ihrer Fahrt überraschte sie komplett: Das Auto hielt vor ihrem Haus. Und es ging gleich weiter mit den Überraschungen.

„Ich werde mich um euch kümmern. Bis eure Mutter wiederkommt", sagte der Fahrer, legte Joni aufs Sofa und deckte ihn zu. Er holte zwei hellgraue Tabletten aus der Medikamentenschachtel und gab sie Joni zusammen mit einem Glas Wasser.

„Kommt sie denn bald?", fragte Joni. In seiner Stimme mischten sich Vorfreude und Misstrauen.

„Ja. Wir haben ihr eine Nachricht geschickt."

„Ihr wisst also, wo sie ist?", fragte Joni überrascht.

„Selbstverständlich."

„Aber woher denn? Und warum –" Joni sah hilfesuchend zu Ari. Der starrte finster zu Boden. Joni verstummte. Hier stimmte was nicht. Wenn die Regierung die ganze Zeit gewusst hatte, dass ihre Mutter fort war und die Brüder allein lebten – wieso hatten sie dann bis jetzt seelenruhig zugeschaut? Waren sie etwa die ganze Zeit beobachtet worden?

„Wer bist du überhaupt? Als Freund darf ich dich ja sicher duzen", spöttelte Ari. „Du hast bestimmt einen Namen, oder?"

Der Mann machte es sich am Fußende des Sofas bequem.

„Natürlich. Wie alle anderen auch. Ich heiße Henry."

„Vielleicht sollte ich nicht nur fragen, wie du heißt, sondern auch, was du machst. Bist du ein Polizist oder so was?" Ari starrte den Mann, ohne zu blinzeln, an. Oft machten seine großen, hellgrauen Augen die Leute nervös. Aber Henry blieb ruhig.

„Ein Polizist? Nein, ich bin ein ganz normaler Erwachsener."

„Und das heißt bitte was?", bohrte Ari nach.

„Das heißt, dass ich mich um Kinder kümmere. Ich sorge dafür, dass alles in Ordnung ist. Kinder müssen kindgerecht aufwachsen, sie sollen zur Schule gehen und lernen. Aber vor allem sollen sie spielen und ein schönes, fröhliches Leben führen."

„Und warum lässt du uns dann nicht genau das tun?", fragte Ari.

Henry seufzte und blickte kurz zur Decke. Dann sah er Ari väterlich an.

„Ihr wisst doch, dass die neue Regierung dafür da ist, die Welt zu retten. Die Menschheit, jedenfalls viele, hat endlich erkannt, dass Schluss sein muss mit den Kriegen und der Umweltzerstörung. Die Klimakatastrophe muss abgewendet und die Ressourcen müssen genau eingeteilt werden, damit wir weiter auf diesem Planeten leben und uns ernähren können. Die Regierung wird uns retten. Uns beschützen. Und dafür muss sie Grenzen setzen. Wir müssen aufhören, die Luft, die Erde und das Wasser zu vergiften. Wir müssen unsere Auto- und Flugreisen einschränken. Die Regierung hilft uns dabei. Aber es gibt auch unbedarfte Leute. Solche wie euch. Die nicht alles verstehen. Daher braucht ihr unseren Schutz und unsere Hilfe. Denn in euch liegt unsere Zukunft. Kinder sind das Wertvollste, was es auf diesem Planeten gibt."

„Das klingt ja fast, als würden wir euch gehören", sagte Ari tonlos.

Der Mann sah ihn freundlich an.

„Trotz allem leben wir in der besten Phase der Menschheitsgeschichte. Wir brechen zu neuen Ufern auf, machen Entdeckungsreisen ins Weltall. Es gibt neue Hoffnung." Der Mann atmete tief durch und setzte wieder sein Lächeln auf.

Joni hatte dem Gespräch aufmerksam zugehört. Er versuchte Mut zu fassen. Ari dagegen schien wie erstarrt. Und das nicht ohne Grund – er hatte etwas gesehen: Henrys gläsernen Blick. Das merkwürdige Glitzern. Angeblich trat das bei Leuten auf, die ein

Neurotuning durchlaufen hatten. Sehen konnte man es nur in einem bestimmten Lichtwinkel. Aber war das ganze Neurotuning-Projekt nicht beendet worden? Und hatte es nicht ausschließlich dazu gedient, beruflichen Nachwuchs für bestimmte Branchen zu gewinnen? Es hatte doch eigentlich nur Kinderspezialisten wie diese Dr. Kumar hervorgebracht. Aber vielleicht stimmte das gar nicht, und es wurde immer noch mit Neurotuning gearbeitet.

„Okay, Henry. Das überzeugt mich. Wir sind anscheinend in guten Händen", sagte Ari mit einem höflichen Lächeln und warf seinem Bruder ein paar Sekunden später einen blitzschnellen, warnenden Blick zu. Joni nickte unauffällig.

Dann lächelte auch er Henry freundlich an.

10.

„Mama kommt doch wirklich wieder, oder?“, fragte Joni. Ari hatte ihn in ihr Schlafzimmer begleitet und ins Bett gebracht. Das Medikament zeigte Wirkung. In Jonis Wangen kehrte die Farbe zurück, das Fieber war gesunken. Ari warf einen misstrauischen Blick zur Tür.

„Ich glaube nicht“, flüsterte er.

Joni blickte enttäuscht. „Und wenn doch? Er hat es uns versprochen! Vielleicht ist Mama eine Geheimagentin und arbeitet für die Regierung. Vielleicht ist sie sogar die Chefin von all diesen grauen Henry-Typen! Und morgen kommt sie wieder und erklärt uns alles! Und wir lachen über das, was heute war. Könnte doch sein!“

Ari schüttelte abwehrend den Kopf.

„Aber du hast doch gehört, was Henry gesagt hat!“, beharrte Joni. „Von den Entdeckungsreisen. Und den Umzug mit den vielen Leuten hast du selbst gesehen. Vielleicht findet man in diesen Tagen einen neuen Ort für die Menschheit! So einen wie am Ende des Spiels.“

„Ach Joni. Selbst *wenn* das so wäre, uns würde das sowieso nichts bringen.“

„Und warum?“, fragte Joni trotzig.

„Weil das nur die Erwachsenen betreffen würde. Wenn die Regierung Leute ins Weltall schickt, sind das höchstens zehn Personen. Und selbst wenn's hundert wären, Kinder sind da nicht dabei. Schon gar nicht wir. Auf dem Erdball leben zehn Milliarden Menschen! Selbst wenn die aus dieser Masse hunderttausend rauspicken – uns würden die nicht beachten.“

„Aber das Spiel. Kepler62“, beharrte Joni.

„Was soll damit sein?“

„Ich glaube nicht, dass wir es wirklich zu Ende gespielt haben. Das geht bestimmt irgendwie weiter.“

„Quatsch. Wir haben das einmal durch und fertig.“

„Und was ist mit dem Preis, von dem im Forum alle reden? Wir haben das hundertste Level geknackt! Da muss doch noch was kommen.“

„Das sind bestimmt Gerüchte. Ein dummer Hype, damit sich das Spiel besser verkauft. Damit die Leute schön was zu tun haben und nicht auf dumme Gedanken kommen. Vielleicht stecken die den Gewinn ja sogar in die neuen Entdeckungsreisen. Weil die Regierung das so will. Möglich wär's.“

„Ich finde, wir sollten nicht so schnell aufgeben. Mensch, Ari, das waren *wir* da auf der Wiese! Das war bestimmt erst die Eintrittskarte, und jetzt kommt noch was richtig Großes!“

„Jaja, alles klar“, winkte Ari ab. „Komm, Joni, schlaf endlich.“

11.

Es roch nach selbst gebackenen Brötchen. Sogar im Traum wirkte der Duft unfassbar echt. Ein Geruch wie aus der Kindheit, als Ari noch kleiner war als Joni jetzt. Ihre Mutter hatte jeden Samstagmorgen Brötchen gebacken. Kaum kamen sie aus dem Ofen, musste Ari sich eins schnappen. Sie waren viel zu heiß, aber er konnte nicht widerstehen und jonglierte sie mit beiden Händen hin und her. Nach ein paar Minuten des Abkühlens durchbohrte er mit dem Zeigefinger die krosse Oberfläche und fühlte das weiche Innere. Ari wischte sich eine Träne von der Wange. Er war aufgewacht. Merkwürdig: Im Schlafzimmer roch es wirklich intensiv nach Brötchen. Als hätte sich sein Traum auf die Realität ausgedehnt.

Er tappte in die Küche. Dort schien sein Traum direkt weiterzugehen.

Joni saß am Tisch. Er biss in ein Brötchen und trank frische Vollmilch. Er lachte. Hinter ihm stand ihre Mutter und holte ein heißes Blech aus dem Ofen. Sie stellte es ab und wuschelte Joni durchs Haar.

Ari kniff die Augen fest zusammen, zählte bis drei und machte sie wieder auf. Seine Mutter stand unverändert vor ihm.

„Guten Morgen, Ari“, sagte sie und klopfte sich etwas Mehl von ihrer Küchenschürze.

Es war tatsächlich ihre Stimme. Hell und warm. Ari spürte ein Kribbeln in den Augen, hielt die Tränen aber zurück. Seine Mutter breitete die Arme aus und zog ihn an sich. Jetzt half kein Kämpfen mehr. Stumm ließ er die Tränen laufen.

Später saßen sie alle im Wohnzimmer. Ihre Mutter genau dort, wo noch am Abend Henry gesessen hatte.

„Ich weiß, ich hätte euch nicht allein lassen dürfen. Aber –"

Statt weiterzusprechen, sah sie ihre Söhne lange an.

„Wo bist du gewesen?", fragte Joni und ließ sie nicht aus den Augen. Zu groß war die Angst, sie könnte in einem Moment der Unaufmerksamkeit einfach wieder verschwinden.

„Ja, genau, wo warst du?" Ari war machtlos gegen den anklagenden Ton in seiner Stimme.

„Ich … hatte einen Zusammenbruch. Mitten auf der Straße. Und bin hilfesuchend herumgeirrt. Bis mich jemand ins Krankenhaus gebracht hat. Natürlich habe ich mir furchtbare Sorgen um euch gemacht. Aber mir wurde versichert, dass die Regierung auf euch aufpasst." Sie schluckte. „Ich hoffe, das stimmt? Es geht euch gut, und man hat sich um euch gekümmert?"

Ari musterte seinen kleinen Bruder. Er sah vollkommen gesund aus. Vom Fieber keine Spur. Sehr merkwürdig. Ehe er etwas sagen konnte, ergriff Joni das Wort:

„Ja, Mama, alles bestens. Nicht wahr, Ari?" Jonis heimlicher Blick war fast flehend.

„Absolut", sagte Ari, doch es klang etwas lahm.

„Dann ist ja prima. Ihr seht wirklich gut aus. Und ich bin auch wieder auf den Beinen. Endlich ist alles wieder wie früher", sagte ihre Mutter lächelnd. „Offenbar findet die Regierung für alles eine Lösung."

„Und deine Brötchen schmecken auch genauso gut wie früher", sagte Joni selig und schnappte sich ein frisches vom Blech.

Ihre Mutter lachte zufrieden und warf den Kopf in den Nacken. Ari erschrak. Das Aufblitzen ihrer Augen! Verdammt.

Er konnte nur hoffen, dass er in einer zweiten Traumebene steckte und gleich aufwachen würde.

12.

„Was redest du für einen Scheiß!“, rief Joni mit Tränen in den Augen. „Das bildest du dir doch nur ein!“

„Pssst! Leise!“, zischte Ari und drehte die Musik in ihrem Zimmer lauter. Ihre Mutter durfte das Gespräch auf keinen Fall hören.

„Immer siehst du überall nur das Schlechte! Nie kann einfach mal alles in Ordnung sein!“, flüsterte Joni wütend.

„Ich hab’s aber genau gesehen! Als sie gelacht und den Kopf nach hinten geworfen hat! Genau dasselbe kurze Aufblitzen wie bei Henry!“

„Halt sofort die Klappe, Ari. Du steigerst dich da rein! Ich hätte das Mama doch angemerkt, wenn sie irgendwie … irgendwie anders wäre.“ Jetzt klang Joni schon nicht mehr ganz so überzeugt.

„Aber es ist doch total komisch, dass wir monatelang nichts von Mama hören, und dann taucht sie ausgerechnet an dem Tag auf, an dem wir von den grauen Typen geschnappt werden!“

„Zufälle gibt’s immer, das beweist überhaupt nichts. Mama war halt sehr lange im Krankenhaus. Und heute wurde sie entlassen.“

„Joni, ich habe das künstliche Glitzern in ihren Augen wirklich gesehen, hundert Prozent!"

„Na und? Dafür gibt es bestimmt auch eine andere Erklärung. Vielleicht hat das was mit ihrer Krankheit zu tun oder den Medikamenten, die sie ihr gegeben haben. Wenn Ärzte aus sechsjährigen Kindern Experten machen können, dann haben sie bestimmt jede Menge spezielle Heilmethoden drauf."

Ari seufzte. Er verstand Joni bestens – natürlich wollte sein kleiner Bruder ihm nicht glauben. Wer will schon, dass die eigene Mutter plötzlich nicht mehr die Person ist, die sie immer war? Ari konnte es ja nicht beweisen. Und vielleicht hatte Joni recht, und er steigerte sich in etwas hinein. Blitzende Augen konnten auch von was anderem kommen, einer Augen-OP zum Beispiel. Trotzdem ließ es ihm keine Ruhe.

„Ich denke, wir sollten abhauen", flüsterte Ari.

„Abhauen?"

„Ich mein's ernst. Ich habe echt ein schlechtes Gefühl. Wenn wir nicht fliehen, passiert was Schlimmes."

„Haha. Was denn bitte schön?"

„Keine Ahnung. Aber es wird nicht witzig sein. Das waren jetzt einfach zu viele Zufälle. Das geschenkte Spiel. Dein Fieber. Der seltene Virus, den es eigentlich gar nicht gibt. Die grauen Typen. Mamas Rückkehr. Das Glitzern in ihren Augen. Da stimmt doch was nicht. Wir müssen uns verstecken."

Joni lachte ungläubig.

„Alles klar. Und wo? Unterm Bett finden sie uns bestimmt sofort. Willst du etwa in den Brunnen? Sehr verlockend. Du kannst da ja gern reinklettern. Ich bringe dir dann regelmäßig Essen vorbei."

„Du hast selbst gesagt, dass jetzt irgendwas losgeht. Dass das Spiel noch nicht zu Ende ist. Joni, du hast sogar von einer ‚Eintrittskarte' geredet!"

„Ja, aber ..."

„Und wenn das eine Art Einladung ist?"

„Eine Einladung?", fragte Joni verblüfft.

„Ja! Vielleicht ist das Spiel das Medium, mit dem sich die Leute aus dem Schatten an uns wenden. Eine Botschaft von denen, die noch frei sind." Ari war sich seiner Sache jetzt ziemlich sicher.

Joni starrte ihn an.

„Was meinst du mit ‚die noch frei sind'? Sind wir etwa nicht frei?"

„Ach Joni, du bist noch zu klein, um zu wissen, was hier los ist. Aber ich merke es schon länger. Unser Leben ist ein Gefängnis. Nur, dass die Gitterstäbe unsichtbar sind."

„Und wenn wir nicht abhauen, wird es schlimmer?“

„Ich fürchte, ja. Ich …“, Ari schloss die Augen und schluckte, „… ich habe Angst, dass sie auch mit uns ein Neurotuning machen. Wie mit Mama.“

„Das kann ich nicht glauben. Wieso denn?“

„Beweise habe ich nicht. Aber ich bin mir sicher. Und das Spiel … ist superwichtig. Joni, lass es uns noch mal versuchen. Vielleicht haben wir etwas übersehen. Gib mir eine Chance, los.“

„Was für eine Chance?“ Ihre Mutter stand in der Tür. Aufgetaucht wie aus dem Nichts. Wie lange hörte sie schon zu? Ari sah Joni mahnend an.

„Wir reden über ein altes Computerspiel, Mama. Bei dem ich Ari immer besiege. Er will eine Revanche.“ Joni lächelte.

Ihre Mutter lächelte zurück. „Dann ist ja gut.“

„Wo du grade hier bist, Mama. Könntest du mir meine Basecap da oben vom Regal runtergeben?“

Ihre Mutter sah nach oben, nahm die blaue Schirmmütze und drückte sie Joni in die Hand. Sie strich ihm übers Haar und gab ihm einen Kuss auf die Stirn.

„Oh, du bist ein bisschen warm. Hoffentlich ist keine Erkältung im Anmarsch“, sagte sie.

Dieses Mal hatten sie das Aufblitzen beide genau gesehen.

13.

Ihre Mutter saß mit ihnen am Tisch und trank Tee. Ihre Haare glänzten im Licht der Lampe. Sie roch wie immer. Ihre Stimme klang wie früher. Ihre Bewegungen waren die gleichen. Sie sah aus wie sonst. Aber da war diese neue Künstlichkeit. Wie Plastik. Ihre Augen wirkten leblos. Als wäre das Feuer in ihnen erloschen. Als herrschte in ihrem Kopf eine riesige Leere. Unendlich wie das All.

Ari und Joni saßen ihr gegenüber und aßen Abendbrot. Das erste seit Monaten an einem gedeckten Tisch. Zu zweit hatten sie nur schnell was auf dem Sofa oder in den Betten gegessen. Geschirr, Besteck und anständige Tischmanieren, das gab es nur mit Erwachsenen.

„Du bist größer geworden", sagte ihre Mutter zu Ari.

„Kann schon sein", erwiderte er.

„Und dir, Joni, müsste man dringend die Haare schneiden. Sonst kommt man nur noch mit einer Machete durch", scherzte sie und schlürfte den Kräutertee, den ihre Söhne ihr zubereitet hatten.

„Das war ein aufregender Tag heute, ihr Lieben. Ich

muss ins Bett. Und ihr geht bitte auch gleich schlafen, ja?“

Sie stand auf, stellte ihre Tasse in die Spüle, gab beiden Söhnen einen Kuss und ging in ihr Zimmer.

Joni sah Ari fragend an.

„Ob es gereicht hat?“, flüsterte er.

Ari zuckte mit den Schultern.

„Ich hoffe. Mich machen diese Hustentropfen immer total müde.“

„Fangen wir an?“

„Lass uns zur Sicherheit noch etwas warten.“

Still saßen sie in der schummrigen Küche. Ihre Gedanken drehten sich im Kreis. Immer wieder stieg der Schmerz hoch: Wie konnte etwas so lang Ersehntes wie die Rückkehr der Mutter so gruselig sein? Der vertrauteste Mensch der Erde war auf einmal ein unberechenbares Monster.

„Jetzt“, flüsterte Ari.

14.

Beim Spielstart war der Bildschirm schwarz. Und blieb es. Schwarz, Schwarz, nichts als Schwarz. Ari und Joni hatten alles versucht. Den Rechner gebootet. Das Netz nach Tipps durchforstet. Tricks, Cheats und Walkthrough-Anleitungen gesucht. Nichts funktionierte. Niemand war über ihr Level hinausgekommen.

Nur die Seite zum Einloggen konnten sie noch aufrufen, sie hatten das Passwort schon hundertmal eingegeben. Vorwärts und rückwärts. Inzwischen war es kurz vor vier. Sie hatten das Zimmer ihrer Mutter abwechselnd vom Flur aus bewacht. Sogar durch die Tür hörte man ihre tiefen Atemzüge. Sie schlief wie ein Murmeltier. Doch das war auch das Einzige, was an ihrem Plan funktionierte.

Sie beschlossen, es ein letztes Mal zu versuchen. Und zwar gemeinsam. Joni hatte seinen Posten im Flur aufgegeben und saß neben Ari auf dem Bett.

„Mir ist noch was eingefallen“, sagte er und schielte fast vor Müdigkeit.

„Was?“

„Das Spiel heißt doch Kepler62.“

„Ja, und?“, fragte Ari leicht genervt.

„Wir waren total doof. Ist doch klar, was das neue Passwort ist."

„Wenn das so einfach ist, wirst du es mir ja bestimmt gleich verraten."

„Da kommst du auch selbst drauf. Wo fahren die Entdeckungsreisenden denn jetzt hin?"

„Keine Ahnung. Interessiert mich nicht", sagte Ari trotzig.

Joni sah ihn aus weit aufgerissenen Augen an. Wieso checkte sein großer Bruder es nicht? Er schnappte sich den Computer und startete eine Google-Suche.

„Ari, du erinnerst dich doch an das letzte Bild. Wie hat das auf dich gewirkt?"

„Ich hab keine Lust mehr auf dein dummes Frage-Antwort-Spiel. Erzähl mir einfach, was du weißt, du Schlaumeier, und dann sehen wir weiter."

„Okay. Erst dachten wir doch, das Spiel ist zu Ende. Als alles schwarz wurde. Aber dann standen wir mit dem Drachen auf dieser tollen Wiese, mitten in den Bergen."

„Ja. Das könnten die Alpen sein. Auf jeden Fall eine sehr schöne Region der Erde", warf Ari ein, um überhaupt etwas Vernünftiges zu sagen.

Joni zeigte ihm, was er soeben recherchiert hatte.

„Hier, schau mal. So sieht Kepler62 aus. Das ist ein Planet, der große Ähnlichkeit mit der Erde hat."

„Und?“

„Mann, Ari! Denk doch mal nach. Das waren *wir*, da auf der Wiese.“

„Hör auf mit dem Scheiß. Das war ein simpler digitaler Effekt des Spiels.“ Ari legte die Hand auf Jonis Stirn, die wieder heißer wurde. Drehte sein Bruder jetzt durch?

Joni ignorierte die Geste und redete weiter.

„Das Spiel heißt Kepler62, die Entdeckungsreisenden fahren genau dorthin, um neuen Lebensraum zu erkunden, und wir waren sogar längst da! Jedenfalls im Spiel.“

„Großartig. Und was willst du damit sagen? Dass Außerirdische uns auf den Planeten Kepler einladen?“

„Ach, Ari. Der Planet heißt übrigens Kepler62e, wenn man's genau nimmt. Los, wir versuchen uns noch mal einzuloggen.“

Ari gehorchte widerwillig. „Was soll ich als Passwort eingeben?“

„18h52m51,060s+45° 20' 59,9".“

Stockend gab Ari die merkwürdige Abfolge von Nummern, Buchstaben und Zeichen ein. Er ärgerte sich schwarz, dass sein Bruder eine Idee hatte, die er nicht durchschaute. So was müsste gesetzlich verboten werden.

So. Jetzt nur noch auf Login klicken.

Und nun?

Nichts passierte.

Doch dann piepten ihre Handys. Und gleich noch mal. Und noch mal. Es hörte gar nicht mehr auf. Als würden WhatsApp, Twitter, Snapchat und Instagram auf einmal loslegen. Sogar die digitale Kühlschrankanzeige in der Küche piepte. Ari rannte hin und schaltete das Gerät stumm. Joni blieb wie angewurzelt vor dem Bildschirm sitzen. Als das Piepkonzert verstummte, waren auch alle Nachrichten auf den Handys wieder erloschen. Im gleichen Moment erschien vor Jonis Augen ein Countdown, der mit Sekunde 60 startete.

„Ari. Wir haben genau eine Minute Zeit. Hier, schau auf den Bildschirm."

„Eine Minute Zeit wofür?"

„Für unsere Entscheidung. Die schwierigste überhaupt. Die wollen uns abholen. Die rufen uns, echt."

„Wer ‚die'?"

„Die, von denen du vorhin selbst noch geredet hast!"

„Die freien Menschen."

15.

60

59

58

57

56

„Die wollen uns abholen.
Wir müssen entscheiden, ob wir mitkommen“,
flüsterte Joni.

46

45

„Wohin? Was ist das Ziel?“
„Keine Ahnung. Kepler62e? Das Passwort war die Position des Planeten. Auf jeden Fall geht's weit weg von hier.“

40

39

Joni rieb sich die Augen.

„Ich bin todmüde."

Mist – ein Geräusch aus dem Schlafzimmer ihrer Mutter. Stand sie etwa auf? Sie schlichen auf den Flur. Da, die Klinke. Bewegte sie sich?

27

26

„Ari, schnell. Du und ich auf der Wiese. Das war ein Zeichen. Ein Versprechen. Es gibt ein besseres Leben."

„Aber wie ist das alles möglich?" Aris Stimme klang fast ein wenig panisch. „Wer wird uns abholen? Und wie geht es weiter?"

Joni sah seinen Bruder aufgeregt an.

Auch er kannte die Antwort nicht.

23

22

Eine Minute war eine verdammt kurze Zeit. Vor allem, wenn man die schwierigste Entscheidung seines Lebens treffen musste. Packen konnten sie sowieso nicht mehr. Nicht mal die Zahnbürste holen.

„Ich weiß nicht …“

„Ich auch nicht.“

13

12

Ari nahm einen Stuhl und stellte ihn mit der Rückenlehne unter die Türklinke. In genau diesem Moment versuchte ihre Mutter, sie herunterzudrücken. Sie hämmerte gegen die Tür.

„Was macht ihr?“, brüllte sie.

Ari und Joni schwiegen. Das Hämmern verstummte.

11

10

„Vielleicht ist es ein Fehler. Aber hierzubleiben auch.“

Mit einem Seitenblick auf Joni stopfte Ari die Medizinschachtel in die Tasche seines Hoodies. Joni zitterte leicht. Wahrscheinlich stieg das Fieber schon wieder an.

5

4

3

2

1

„Und wenn das alles Quatsch ist?
Der totale Scheiß?!“

An der Wohnungstür
klopfte es leise.

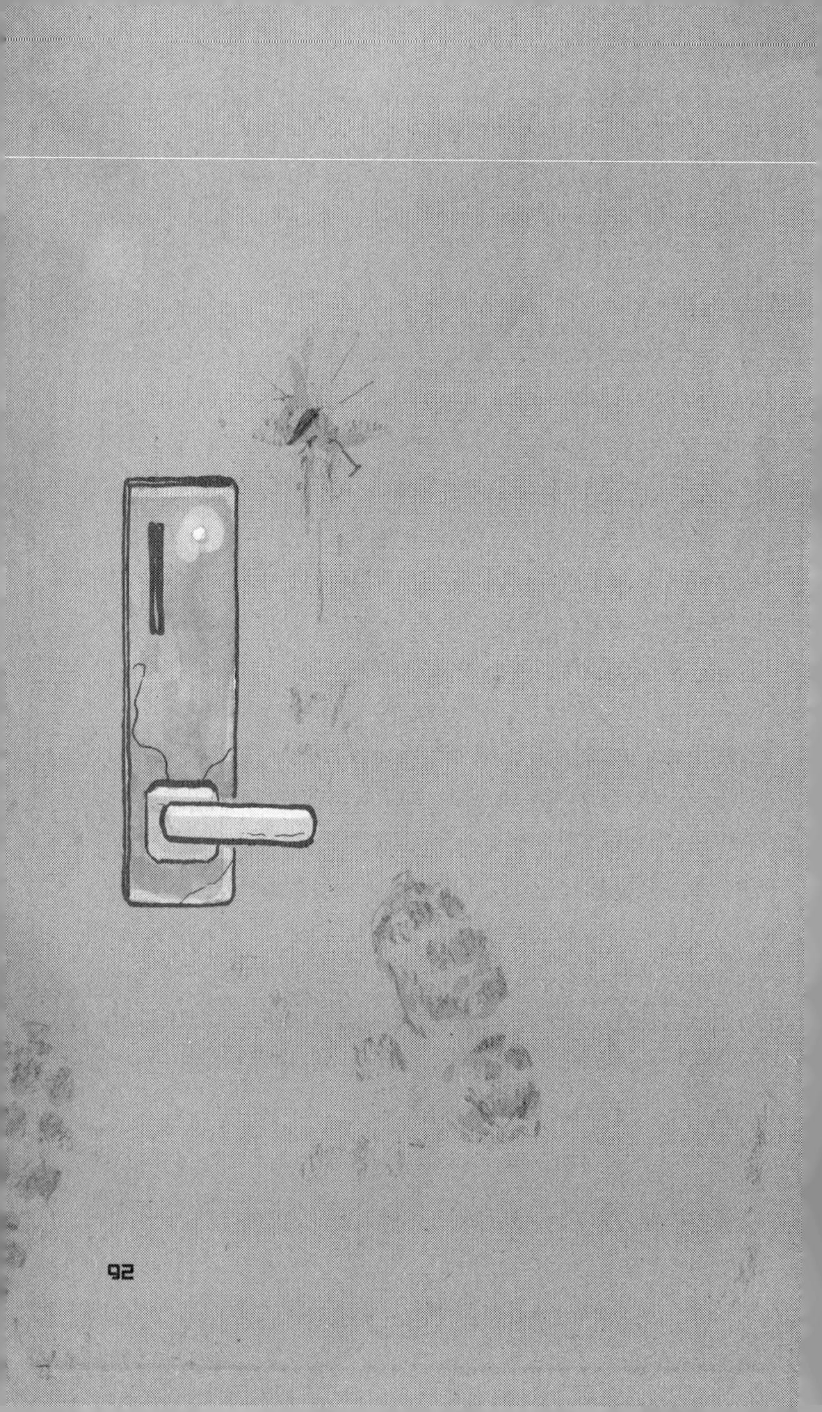

EXIT

16.

Hätten die Brüder erwartet, von einem großen Mann mit verspiegelter Sonnenbrille und schwarzem Ledermantel abgeholt zu werden – sie wären enttäuscht worden: An der Tür stand ein Kind wie sie. Jünger sogar. Der Junge war fünf, höchstens sechs. Er trug eine gepunktete Latzhose und wirkte etwas verloren. Ari und Joni blickten sich an.

„Wenn das hier ein Film wäre, müsste man den Drehbuchschreiber bestrafen“, flüsterte Joni.

„Ich würde sagen, es gibt gar kein Drehbuch“, zischte Ari. Ironisch zu sein half ihnen, die Aufregung weniger zu spüren.

„Hört auf zu quatschen“, sagte der Junge und verschwand im Treppenhaus, „los, kommt!“

Ari sah Joni zweifelnd an. „Du bist doch viel zu schlapp, oder?“

Hinter ihnen fiel der Stuhl um, der die Türklinke blockiert hatte.

Ari ging in die Knie. Joni sprang auf seinen Rücken und legte die Arme um Aris Hals. Ari rannte los.

Hinter sich hörten sie die Schritte ihrer Mutter. Sie drehten sich nicht mehr um. Sie blieben nicht stehen.

Draußen erwartete sie statt eines fliegenden Autos oder einer schwarzen Limousine ein kleines, graues Elektroauto. Der Junge war schon eingestiegen.

„Wieso trödelt ihr so? Los, beeilt euch!“, rief er aus der Tür.

„Irgendwie schade, dass unser neuer Film so eine billige Ausstattung hat“, flüsterte Joni in Aris Ohr.

„Muss eine B-Produktion sein“, erwiderte Ari. „Aber wart's ab, vielleicht fliegen wir ja gleich doch noch ins Weltall.“ Ari ließ seinen Bruder vorsichtig vom Rücken auf den Beifahrersitz gleiten und setzte sich nach hinten.

„Ihr redet zu viel“, sagte der Junge und drückte auf einen Schalter.

Lautlos setzte sich das Auto in Bewegung. Jetzt, wo sie immer schneller fuhren, blickte Ari zurück: Ihre Mutter stand vor dem Haus und sah ihnen nach. Kein Rufen, kein Hinterherrennen. Sie wirkte seltsam gefasst. Langsam hob sie die Hand – und winkte. Seelenruhig.

Ari war geschockt. Mechanisch drehte er seinen Kopf wieder nach vorn. Es hatte ausgesehen, als wäre ihre Mutter dann doch mit allem einverstanden. Als würde sie ihre Söhne auf eine lange Reise schicken. Unheimlich. Aber vielleicht auch doch wieder ein kleines bisschen tröstlich.

96

„Hoffentlich hast du einen Führerschein", sagte Joni zu dem Jungen am Steuer. Der reckte sich, um besser auf die Straße schauen zu können. „Und hoffentlich siehst du überhaupt den Verkehr, so klein, wie du bist."

„Stopp. *Ich* bin hier der Fahrer, und *du* hältst jetzt die Klappe", befahl der Junge. Er klang so wütend, wie nur kleine Jungs es konnten.

17.

Mitten in einem Waldgebiet tat sich eine Lichtung vor ihnen auf. Eine Lichtung mit einem Flugplatz. Kleine rote und blaue Leuchten markierten die einsame Rollbahn. Alles lag verlassen da. Mit ein paar verblichenen Schildern und der entsprechenden Musik im Hintergrund hätte der Platz als Drehort für einen Zombiefilm durchgehen können.

Das Auto fuhr die letzten Meter des holprigen Waldwegs und parkte vor der Rollbahn. Wie schon das Anfahren verliefen auch das Bremsen und Halten komplett geräuschlos.

„Los, sofort aussteigen!“, befahl der Junge.

„Schon mal was von guten Manieren gehört?“, fragte Joni. „Hat deine Mama dir wohl nicht beigebracht.“

„Wenn ihr mitwollt, müsst ihr euch beeilen! Die Maschine startet in zwei Minuten.“

„Da haben wir wohl keine Zeit mehr für Duty-free-Shopping“, erwiderte Joni. Ari hob ihn vom Beifahrersitz und nahm ihn Huckepack. Der Körper seines kleinen Bruders glühte.

Ari rannte auf das Flugzeug zu, das dunkel in der Dämmerung lag. Die Maschine sah nicht gerade einladend aus. Ihre Fenster glänzten wie Augen von wilden Tieren.

„Hoffentlich ist der Pilot älter als unser Autofahrer“, sagte Joni besorgt, während Ari ihn die Stufen hochtrug.

„Joni. Wollen wir da wirklich rein? Und wenn das eine Falle ist? Wenn die ein Neurotuning mit uns machen?“

„Willst du etwa wieder umdrehen?“

Die vollautomatische Flugzeugtür begann sich langsam zu schließen. In letzter Sekunde sprang Ari mit Joni in die Kabine. Die Sitzreihen waren leer und nur schwach beleuchtet. Das Flugzeug rollte los. Schnell setzten die Jungs sich auf die vordersten Plätze und schnallten sich an. Die Maschine beschleunigte, wackelte, dann hob sie ab. Leider hörten das Wackeln und Rütteln in der Luft nicht auf. Hoffentlich brach das kleine Flugzeug nicht auseinander. Doch nach ein paar Minuten glitten sie ruhig durch die Luft.

Ari und Joni schauten hinab auf ihre Heimatstadt. Die Lichter wurden immer kleiner. Joni sah Ari fragend an. Ari schwieg. Obwohl sie es nicht aussprachen: Sie hatten Angst, gerade den größten Fehler ihres Lebens zu begehen.

Die Maschine gewann an Höhe und nahm Kurs Richtung Westen. Dann sahen sie Sterne.

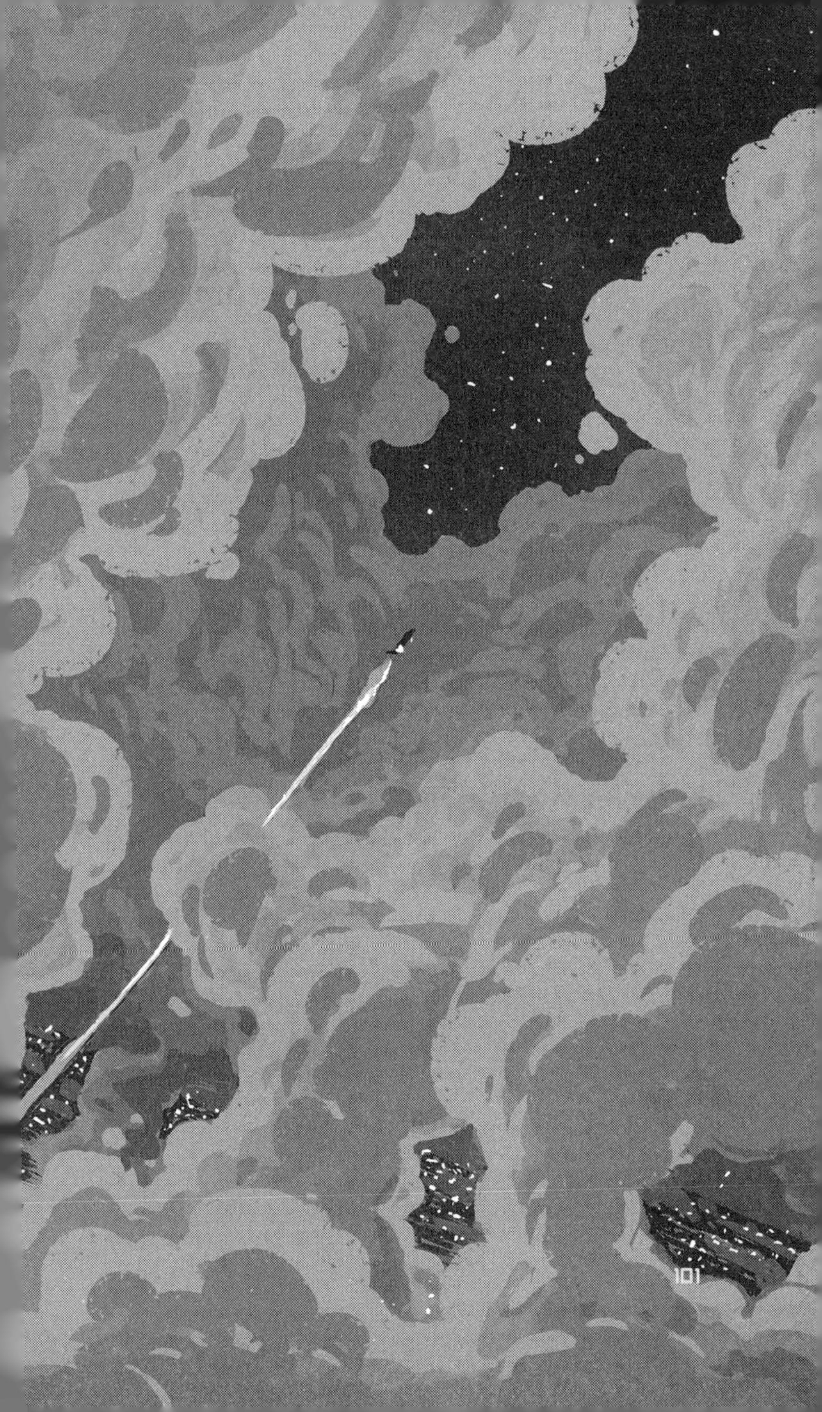

18.

Ari wachte auf. Mit einem Gähnen griff er in seine Taschen.

„Mist, kein Handy mit", murmelte er.

Joni schlief noch tief und fest. Sein Gesicht war ganz rot und verschwitzt. Ari legte vorsichtig die Hand auf seine Stirn. Feuerheiß. Die Wirkung der Tablette ließ nach. Genau so, wie die blöde Ärztin es gesagt hatte.

Ari sah sich um. Die Kabine war eng, umfasste höchstens zehn Sitzreihen. Am hinteren Ende des Mittelganges gab es eine Küchennische mit Kühlfach und Schrank. Ari ging hin und zog die großen Aluschubladen auf. Essgeschirr und Saftpackungen. In der Ecke hing ein Medizinschränkchen. Pflaster, Desinfektionsmittel und eine einsame weiße Medikamentenschachtel. Ari nahm sie verwundert heraus. Er fummelte die zerdrückte Schachtel von zu Hause aus seiner Hosentasche und hielt sie daneben. Dieselbe Packungsform, dasselbe Schiffslogo, haargenau. Mit zitternden Fingern öffnete er die Schachtel aus dem Flugzeug und fand genau zwei Tabletten. Auch sie sahen so aus wie die von zu Hause.

Er nahm eine Saftpackung, ging zu Joni und rüttelte ihn sanft wach. Jonis Augen glänzten fiebrig.

„Hier, nimm die Tabletten", sagte Ari.

Joni gehorchte und schluckte sie mit etwas Saft herunter. Er schlief sofort wieder ein.

Ari konnte nicht schlafen. Ein Hybridvirus, der eigentlich gar nicht existierte, hatte die Ärztin gesagt. Den sie sofort hätte melden müssen. Und nun befand sich an Bord der Maschine genau das richtige Medikament. Das konnte kein Zufall sein. Irgendwer erwartete sie und hatte alles gründlich vorbereitet.

19.

Die Maschine begann mit dem Sinkflug. Hier und da riss die Wolkendecke auf. Ari und Joni klebten am Fenster und starrten hinaus. Wo würden sie landen, was erwartete sie? Eine kurze Preisreise? Ein geheimer Erkundungstrip? Ein komplett neues Leben abseits des Radars? Vielleicht wartete am Zielflughafen aber auch nur ein dummes Blasorchester, das ihnen einen Tusch spielte, und dann durften sie auf einem abgenutzten roten Teppich zu einem Auto trotten, das sie ins Disneyland fuhr. Oder sie kämen wirklich auf der saftig grünen Wiese an, mit der das Computerspiel zu Ende gegangen war. Vielleicht landeten sie tatsächlich auf dem Planeten Kepler62e! Seine Positionskoordinaten im Weltall hatten das Passwort geliefert, erst dann hatte der Countdown für die Abholung begonnen.

Ari sah zu seinem Bruder. Joni schaute ihn ängstlich an. Ari bemühte sich, ruhig zu wirken. Er nahm Jonis Hand in seine und drückte sie beschützend. Zum Glück wirkten die Tabletten schon, Jonis Hand war kaum noch wärmer als seine.

„Sehe ich wieder gesund aus?", fragte Joni.

Ari nickte.

„Gut, dass das Fieber so schnell weggeht. Du hast noch zwei Tabletten in der Packung gefunden?"

Ari nickte wieder. Wieso sollte er die Sache jetzt komplizierter machen?

„Dann können sie mich auch nicht wieder nach Hause schicken. Ich bin topfit!"

„Keiner schickt dich nach Hause."

Ari wandte sich ab und starrte in die letzten Wolkenfetzen. Joni sollte nicht merken, wie unsicher er war. Unter ihnen zeigte sich jetzt eine braune Einöde. Weiter hinten leuchtete ein zugefrorener See, dessen abgewandtes Ufer in eine Hügelkette überging.

„Ist anscheinend kalt hier. Sonst wäre der See nicht zugefroren", kommentierte Ari.

„Wohl nicht so das typische Urlaubsparadies", murmelte Joni und sprach damit aus, was Ari bereits gedacht hatte.

Die Maschine flog über eine Ansammlung von Gebäuden, vielleicht Hallen oder Werkstätten. Die bebaute Fläche bildete von oben betrachtet ein strenges Rechteck, ringsherum verliefen Rollbahnen.

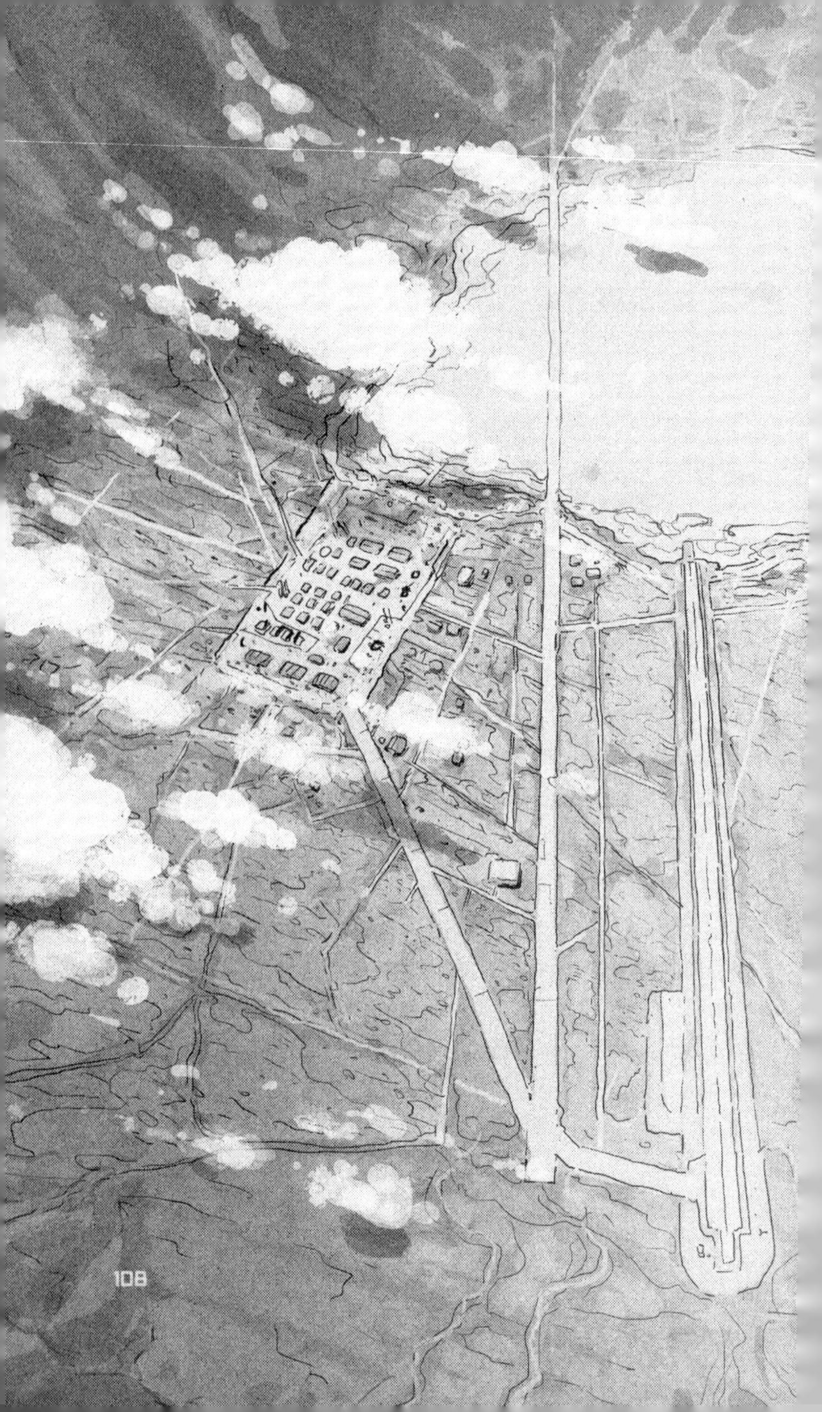

Am Horizont ließen sich weitere Gebäude erahnen. Sie flogen eine enge Kurve. Dann setzten sie zur Landung an.

Kurz darauf rollten sie in eine große Halle. Den Brüdern fiel auf, dass sie während des Fluges niemanden gesehen oder gehört hatten. Keine Stewardessen, keine Durchsage vom Piloten. Mit einem leisen Zischen öffnete sich die automatische Tür. Die Jungs sahen sich fragend an.

Ari versuchte witzig zu klingen: „Tja. Wir steigen wohl aus, was?“

20.

In der Halle herrschte ein Betrieb wie in einem Bienenstock. Links und rechts von ihnen standen zwei weitere Flugzeuge, alle waren vom gleichen Typ. Aus dem einen stiegen gerade fünf Kinder aus, vermutlich in ihrem Alter. Sie schienen genauso aufgeregt zu sein wie Ari und Joni. Das andere Flugzeug wurde betankt und startklar gemacht. Kleine Elektroautos zogen Anhänger mit Metallkisten durch die Halle. Frauen und Männer in grauen Overalls gingen konzentriert ihrer Arbeit nach. Ari und Joni stiegen langsam die Treppe hinunter. Niemand beachtete sie.

Auf einmal kam vom anderen Ende der Halle eine Art Flugmobil auf sie zu.

„Wo sind wir hier bloß gelandet?“, murmelte Ari.

Das Flugmobil hielt genau vor ihnen. Eine drahtige Frau mit blonden Haaren sprang heraus und sah die Brüder aufmerksam an.

„Hallo, ich bin Olivia.“ Sie lächelte. „Ja, Gruppe 3 ist gerade gelandet“, sprach sie in das kleine Mikro an ihrem Handgelenk. Dann wandte sie sich wieder den Brüdern zu. „Willkommen, ihr beiden! Ihr seid unsere große Hoffnung. Wir werden euch ausbilden und euch alle Informationen vermitteln, die ihr braucht. Steigt ein.“

Joni und Ari standen wie angewurzelt da. Sie kannten die Frau. Sie hatte ihnen im Krankenhaus geholfen und Joni das Spiel geschenkt. Allmählich wurden ihnen diese Verkettungen unheimlich.

Vor etwa zwölf Stunden waren sie in ein leeres Flugzeug gestiegen und damit um die halbe Welt geflogen. Es hatte sie eine riesige Überwindung gekostet. Fühlten sie sich für die Fahrt mit dem Flugmobil überhaupt noch stark genug? Verließ sie jetzt der Mut? Bei der blonden Frau einzusteigen hatte etwas Endgültiges.

Da sah Joni es. Das graue, merkwürdig verwitterte Adler-Logo seitlich an der Tür. Er zupfte an Aris Ärmel und reckte das Kinn.

Da sah es auch Ari.

Die Regierung ist dein Freund.

KEPL

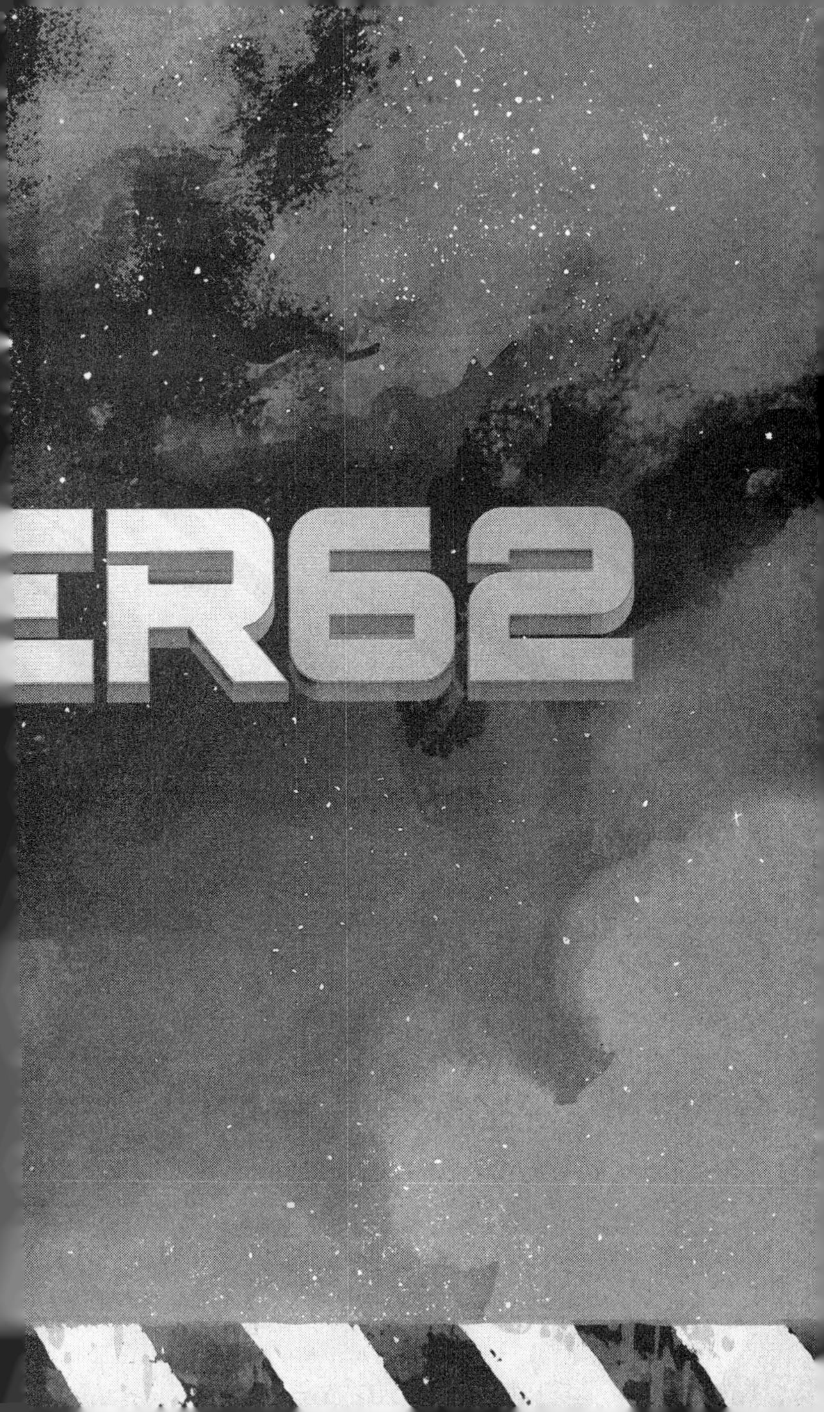
ER62

DAS KEPLER62-PLANETENSYSTEM
62b
62c

62f
62e
62d

KEPLER62-TEAM
WELTALL-ADMIRAL
TIMO
KOMMANDANT FÜR
ESSEN UND TRINKEN
BJØRN
KEPLER-62 STORYLINE
VISUELLE EFFEKTE PASI

BASISENTWÜRFE DER
KEPLER62
-HAUPTFIGUREN:
JONI
ARI

Bjørn Sortland ist Norweger. Er arbeitete zunächst als Journalist, bis er sich ganz auf das Schreiben für Kinder und Jugendliche verlegte. Sein Sachbuch „Rot, Blau und ein bisschen Gelb“ gewann 1996 den Deutschen Jugendliteraturpreis, sein Roman „Die Minute der Wahrheit“ war 2006 unter den Nominierten.

Timo Parvela war lange und gern Lehrer, bevor er Schriftsteller wurde. Der vielfach preisgekrönte Autor ist in Finnland der unbestrittene Star der Kinderliteratur und auch in Deutschland sind seine Bücher Kult.

Der Illustrator Pasi Pitkänen arbeitete einige Jahre bei Rovio Entertainment, wo er Bücher mit den bekannten „Angry Birds“ illustrierte. Heute lebt er als freier Kinderbuch-Illustrator in Finnland.

WIE SMART BIST DU?

Christoph Dittert
DIE DREI ???:
DEIN FALL: DAS RÄTSEL
DER SMART CITY.
Taschenbuch
144 Seiten
ISBN 978-3-551-31982-1

JUSTUS, PETER UND BOB sollen Testbewohner in der »Smart City« werden. Hier wird fast alles von Computern gesteuert. Wenn das mal nicht aufregend klingt! Doch kaum sind die drei Detektive in der Stadt angekommen, läuft einiges gründlich schief: Peter wird im Badezimmer eingesperrt und die Sauna heizt sich wie von Zauberhand auf. In der smarten Stadt scheint es nicht mit rechten Dingen zuzugehen! Und das ist erst der Anfang ...

Eine spannende Detektivgeschichte zum Mitraten.

WWW.CARLSEN.DE

CARLSEN

ZWEI KNIFFLIGE FÄLLE IM DOPPELBAND!

William Arden & Christoph Dittert
DIE DREI ???:
DIE DREI ??? UND DAS RIFF DER HAIE / IM BANN DES DRACHEN (DOPPELBAND)
Taschenbuch
336 Seiten
ISBN 978-3-551-32012-4

DIE DREI ??? BESUCHEN EINE BOHRINSEL. Umweltschützer wollen dort die Ölförderung verhindern, da die Sicherheit der Anlage nicht gewährleistet ist. Doch dann muss das Flaggschiff der Umweltschützer wegen eines rätselhaften Treibstoffmangels vorzeitig umkehren. Sabotage?In einem zweiten Fall erwacht Peter aus einer Bewusstlosigkeit und befindet sich in einem Hotel in Shanghai! Wie ist er hierhergekommen? Offensichtlich wurde er entführt! Zur gleichen Zeit machen sich Justus und Bob in Rocky Beach auf die Suche nach dem verschwundenen Freund. Werden sich die drei ??? wiederfinden?

BITTE EINSTEIGEN:

WILLKOMMEN IM WELTEN-EXPRESS

Anca Sturm
DER WELTEN-EXPRESS 1
Hardcover
384 Seiten
ISBN 978-3-551-65411-3
Auch als Taschenbuch und E-Book erhältlich

NACHT FÜR NACHT sitzt Flinn Nachtigall an einem stillgelegten Bahnhof: dem Ort, wo zwei Jahre zuvor ihr Bruder verschwand. Bis eines Abends ein Zug einfährt, gezogen von einer gewaltigen, rauchspuckenden Lokomotive. Und Flinn stürzt als blinde Passagierin in das Abenteuer ihres Lebens! Denn der Zug ist der Welten-Express, ein fahrendes Internat voller außergewöhnlicher Jugendlicher, angetrieben mit magischer Technologie. Ein Ort, an dem Flinn Freunde findet – und Feinde. Ein Ort voller Geheimnisse. Doch das größte Geheimnis verbirgt sich in Flinn selbst …

WWW.CARLSEN.DE

CARLSEN

FÜNF SMARTE KIDS
UND JEDE MENGE ACTION

James Ponti
**CITY SPIES 1:
GEFÄHRLICHER AUFTRAG**
Hardcover
352 Seiten
ISBN 978-3-551-55766-7
Auch als E-Book erhältlich

DER 12-JÄHRIGEN SARA DROHEN mehrere Jahre Jugendhaft. Dabei hat sie das System der New Yorker Justizbehörde doch nur gehackt, um ihre kriminellen Pflegeeltern zu entlarven! Doch dann bietet ihr der mysteriöse Agent »Mother« einen Ausweg an: Sie soll bei den »City Spies« einsteigen, einem Team von fünf Kindern aus aller Welt, die ein schottisches Internat besuchen, in Wahrheit aber für den britischen MI6 arbeiten. Sara sagt Ja – und landet mitten in einer heiklen Mission: Eine geheime Organisation und ein fieser Plan gefährden den Jugendumweltgipfel in Paris.

Band 1 der temporeichen Spionage-Serie.

WWW.CARLSEN.DE

CARLS

Veröffentlicht im Carlsen Verlag
April 2023
„Kepler62 Buch 1: Die Einladung“ von Timo Parvela, Bjørn Sortland, übersetzt von Elina Kritzokat
Mit Illustrationen von Pasi Pitkänen

First published by Werner Söderström Ltd in 2015 with the Finnish title KEPLER62 Kirja 1: Kutsu.
Published in the German language by arrangement with Bonnier Rights Finland, Helsinki.
Das Buch ist bei Kosmos erschienen und im Buchhandel erhältlich.

Umschlaggestaltung: formlabor
ISBN 978-3-551-32048-3